Para Chris, un sol de amigo en todas las estaciones.
–Karen

¡A la dulzura salvaje de la naturaleza!
–Marc

Karen Jameson es autora de libros infantiles, poeta, maestra y promotora de la alfabetización y la lectura. Vive y trabaja en el sur de California.

Marc Boutavant nació en Dijon, Francia. Le gusta observar la parte irónica de la vida, los caprichos de las personalidades y sus reacciones. De ahí que sus personajes muestren siempre una amplísima gama de emociones. Ha creado ilustraciones para libros, series, juegos y objetos. El estilo inconfundible de Marc como ilustrador, diseñador gráfico y escritor ha cautivado tanto a adultos como a niñas y niños. En la actualidad trabaja en su estudio en París.

DESPIERTA, NATURALEZA
Título original, *Wake Up, Woodlands*
Publicado en inglés por Chronicle Books LLC, San Francisco, California

Corrección, Alícia Rodríguez
Maquetación, Isabel Aniel

Primera edición: 28 de febrero de 2024

Barcelona, España
Tel. +34 93 269 14 04
coco@cocobooks.com / www.cocobooks.com

ISBN: 978-84-127300-3-6
Depósito legal: B 394-2024
Impreso en China

MIXTO
Papel | Apoyando la silvicultura responsable
FSC™ C008047

Con el apoyo de:

Generalitat de Catalunya Departament de Cultura
Institut Català de les Empreses Culturals

Traducción
Francesc Massana

Despierta, Naturaleza

Texto
Karen Jameson

COCO BOOKS

Ilustraciones
Marc Boutavant

Despierta, *Bigotitos*.

El mal tiempo ya pasó
y en el prado hace calor.
Tus ojos soñolientos cobran vida.
Sal y celebra que llega el día.

Despierta, *Zumbido*.

El campo amaneció
y se llena de color.
Sacúdete el invierno de encima:
la primavera, con sus flores, se avecina.

Despierta, *Orejitas*.

El frío intenso ya se fue
y en el prado se está bien.
La caricia de la hierba te despereza
y el día te saluda mientras bostezas.

Despierta, *Zarpitas*.

La nieve ya se funde
y por el arroyo fluye.
Después de meses de ayuno
en el río está tu desayuno.

Despierta, *Mil Colores.*

Pasado el rudo invierno,
suave brisa de entretiempo.
¡Sal de tu crisálida, emprende el vuelo!
El aroma de las flores es tu señuelo...

Despierta, *Ojazos*.

La escarcha se va fundiendo
al paso del buen tiempo.
Sal de tu guarida al campo,
afuera te espera un rico pasto.

Despierta, *Cola Suave*.

Cuando el hielo se funde,
en tu árbol, ¡todo cunde!
Con el sol de la mañana
come y salta de rama en rama.

Despierta, *Saltarina*.

El cielo se está aclarando,
la estación está cambiando...
En la charca has de croar
y a los tuyos siempre amar.

Despierta, *Cola Roja.*

Dulce ha sido amanecer
con el sol de las montañas.
Con mamá, ¡qué bien en tu guarida!
Pero, ahora, sal y juega todo el día.

Despierta, *Tierno Plumón*.

¡Basta ya de holgazanear:
el cielo azul te invita a volar!
En la luz de la primavera,
extiende tus alas, el día te espera.

¡Ya es primavera, *Botitas*!

Tiempo hermoso para salir,
tiempo ideal para compartir.
La naturaleza eclosiona:
su sonido, su color, su aroma...

Los prados y bosques, llenos de vida,

¡dan, a la primavera, la bienvenida!